图书在版编目(CIP)数据

在爸爸身上蹦来跳去/(美)苏斯著;李育超译–北京:中国对外翻译出版公司,2007.1
(苏斯博士双语经典)书名原文:Hop on Pop
ISBN 978-7-5001-1709-4

I.在… II.①苏…②李… III.①英语–汉语–对照读物②童话–美国–现代 IV.H319.4:I

中国版本图书馆 CIP 数据核字(2006)第 142736 号

(著作权合同登记:图字 01-2006-7171 号)

Hop on Pop Chinese language translation ⓒ 2006 Dr. Seuss Enterprises, L. P. Hop on Pop ⓒ 1963
Dr. Seuss Enterprises, L. P. All Rights Reserved.

出版发行 / 中国对外翻译出版公司
地　　址 / 北京市西城区车公庄大街甲 4 号物华大厦六层
电　　话 / (010)68359376　　68359303　　68359101　　68357937
邮　　编 / 100044
传　　真 / (010)68357870
电子邮箱 / book@ctpc.com.cn
网　　址 / http://www.ctpc.com.cn

策划编辑 / 李育超　薛振冰　王晓颖
责任编辑 / 薛振冰
特约编辑 / 王　甘
责任校对 / 韩建荣　卓　玛
英文朗读 / Rayna Martinez & Camila Tamayo
封面设计 / 大象设计

排　　版 / 翰文阳光
印　　刷 / 北京画中画印刷有限公司
经　　销 / 新华书店

规　　格 / 787×1092毫米　　1/16
印　　张 / 4.5
字　　数 / 10 千字
版　　次 / 2007 年 4 月第一版
印　　次 / 2013 年 8 月第七次

ISBN 978-7-5001-1709-4　　定价:19.80元

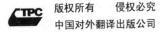

音频下载:登录 http://www.ctpc.com.cn 点击"苏斯博士双语经典"。

本书采用了隐形码点读技术,页码所在的椭圆部分置入了隐形码,可配合爱国者点读笔产品点读发音。

HOP
ON
POP

在爸爸身上蹦来跳去

[美] Dr. Seuss　图文

李育超　译

中国出版集团
中国对外翻译出版公司

★ 二十世纪最卓越的儿童文学作家之一
★ 一生创作48种精彩绘本
★ 作品被翻译成20多种文字和盲文
★ 全球销量逾2.5亿册
★ 曾获得美国图画书最高荣誉凯迪克
   大奖和普利策特殊贡献奖
★ 两次获奥斯卡金像奖和艾美奖
★ 美国教育部指定的重要阅读辅导读物

I'm afraid sometimes you'll play lonely games
too, games you can't win because you'll play
against you.

有时候你也会玩孤
独游戏，在这种游戏中
你不会获胜，因为你的
对手是你自己。
                    ——苏斯博士

苏斯是谁？

　　苏斯博士的 Beginner Books 获得的巨大成功经常使人们忽略他对美国文学诸多方面的重大贡献。同样，他的艺术风格虽然包罗万象（如：超现实主义、新艺术主义和立体派），但也因多以儿童绘本、动画片、商业广告片的形式来表现而受到了忽视。

　　苏斯博士作为儿童文学作家的地位自然是无庸质疑的，但是西奥多·苏斯·盖泽尔能否被称作一个必不可少的美国偶像？一个上世纪最有影响力的美国诗人？或者一个目光敏锐的政治理想倡导者？最近出版的传记《苏斯博士：美国偶像》（Dr. Seuss: American Icon）首次对苏斯作品进行了学术性研究，对上面的问题作出了肯定的回答。

　　苏斯博士的名字能否与詹姆斯·乔伊斯（爱尔兰作家，他创新的文学手法对现代小说有着深远影响）和奥格登·纳什（美国作家，以写没有固定韵律的幽默诗而闻名）并列在一起？让我们来一起读苏斯博士的书，之后再来思考他对儿童文学的贡献以及他对美国文化的持久影响吧。

UP
PUP

在上方，在高处

小狗

Pup is up.

小狗在上面。

CUP 杯子

PUP 小狗

Pup in cup.

小狗在杯子里。

PUP 小狗
CUP 杯子

Cup on pup.

杯子在小狗背上。

MOUSE 老鼠

HOUSE 房子

Mouse on house.

老鼠在房顶上。

HOUSE
房子

MOUSE
老鼠

House on mouse.

房子在老鼠背上。

ALL 所有，全部

TALL 高大的

We all are tall.

我们个子都很高。

ALL 所有,全部
SMALL 小的

We all are small.

我们个子都很矮。

ALL

所有,全部

BALL

球

We all play ball.

我们所有人都打球。

BALL 球
WALL 墙

Up on a wall.

在一堵墙上打球。

ALL 所有,全部

FALL 跌落

Fall off the wall.

从墙上摔下来。

DAY
白天

PLAY
玩耍

We play all day.

我们整天玩耍。

NIGHT 夜晚

FIGHT 打架

We fight all night.

我们整夜打斗。

HE

他（主格）

ME

我（宾格）

He is after me.

他跟在我身后。

HIM 他（宾格）

JIM 吉姆

Jim is after him.

吉姆跟在他身后。

SEE 看到

BEE 蜜蜂

We see a bee.

我们看到一只蜜蜂。

SEE
BEE
THREE

看到

蜜蜂

三

Now we see three.

现在，我们看到三只。

THREE

TREE

三

树

Three fish in a tree.

树上有三条鱼。

Fish in a tree?
How can that be?

树上有鱼？
这怎么可能？

RED
红色

RED
雷德(男名)

They call me Red.

他们叫我红头发小鬼雷德。

RED 红色
BED 床

I am in bed.

我躺在床上。

RED
NED
TED
and
ED
in
BED

红头发小鬼雷德、内德、
特德和埃德都在床上。

PAT 帕特

PAT 帕特

They call him Pat.

他们都叫他帕特。

PAT 帕特

SAT 坐（过去时）

Pat sat on hat.

帕特坐在帽子上。

PAT 帕特
CAT 猫

Pat sat on cat.

帕特坐在猫身上。

PAT 帕特
BAT 球棒

Pat sat on bat.

帕特坐在球棒上。

NO 不
PAT 帕特
NO 不

Don't sit on that.

不要坐在那上面。

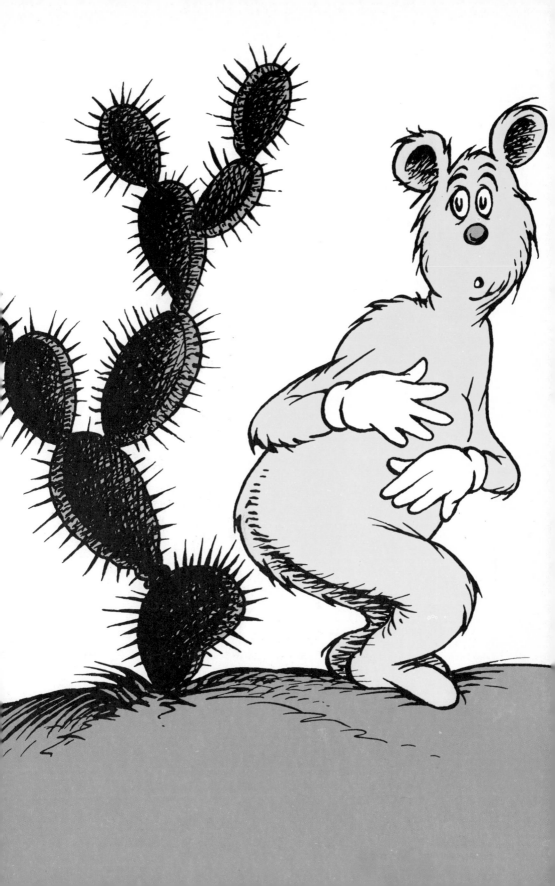

SAD
难过的

DAD
爸爸

BAD
糟糕的

HAD
（have 的过去式和过去分词）

Dad is sad.
Very, very sad.
He had a bad day.
What a day Dad had!

爸爸很难过，
非常非常难过。
他这一天过得很糟糕。
爸爸过了多么糟糕的一天啊！

THING
东西

THING
东西

What is that thing?

那个家伙是什么?

THING
东西

SING
唱歌

That thing can sing!

那个家伙还会唱歌！

SONG 歌曲
LONG 长的

A long, long song.

一首很长、很长的歌。

Good-by, Thing.
You sing too long.

再见了，你这家伙。
你唱得太久了。

WALK 步行
WALK 步行

We like to walk.

我们喜欢散步。

WALK
步行

TALK
交谈

We like to talk.

我们喜欢聊天。

HOP 跳跃
POP 爸爸

We like to hop.
We like to hop
on top of Pop.

我们喜欢蹦来跳去。
我们喜欢在爸爸身上蹦来跳

STOP 停止

You must not
hop on Pop.

你们不能在爸爸身上蹦来跳去。

Mr. BROWN
Mrs. BROWN

布朗先生

布朗太太

(注:brown首字母小写是棕色的意思)

Mr. Brown upside down.

布朗先生在倒立。

Pup up.

小狗弹上去。

Brown down.

布朗落下来。

Pup is down.
Where is Brown?

小狗落了下来。
布朗到哪儿去了?

WHERE IS BROWN?
THERE IS BROWN!

布朗到哪儿去了？
布朗到那儿去了！

Mr. Brown is out of town.

布朗先生飞到城外去了。

BACK 回来

BLACK 布莱克

（注：black首字母小写是黑色的意思）

Brown came back.

布朗回来了。

Brown came back
with Mr. Black.

布朗和布莱克先生一起回来了。

SNACK 点心
SNACK 点心

Eat a snack.

吃点心。

Eat a snack
with Brown and Black.

与布朗和布莱克一起吃点心。

JUMP 跳跃
BUMP 碰撞

He jumped.
He bumped.

他跳了起来。
他跌倒在地。

FAST 快速地
PAST 经过

He went past fast.

他飞快地跑了过去。

WENT
走（go的过去式）

TENT
帐篷

SENT
驱使（send的过去时和过去分词）

He went into the tent.

他钻进了帐篷。

I sent him out of the tent.

我把他赶出了帐篷。

WET 湿的

GET 变成

Two dogs get wet.

两条狗落进了水里。

HELP 帮助

YELP 叫喊

They yelp for help.

他们大声呼救。

HILL 山

WILL 威尔(男名)

Will went up hill.

威尔往山上爬。

WILL
HILL
STILL

威尔

山

静止不动

Will is
up hill still.

威尔一动不动地呆在山上。

FATHER

爸爸

MOTHER

妈妈

SISTER

姐姐

BROTHER

弟弟

That one is
my other brother.

那是我的另一个弟弟。

My brothers read
a little bit.

我的弟弟们能识几个字。

Little
words
like

如 if 和 it 这样的简单词汇。

My father
can read
big words, too.

我爸爸可以读出复杂的词语。

Like······

像 ······

CONSTANTINOPLE

and

TIMBUKTU

士坦丁堡和延巴克图

SAY
说呀，
SAY
说呀，

What does this say?

这是什么意思?

seehemewe
patpuppop
hethreetreebee
tophopstop

Ask me tomorrow
but not today.

明天再问我吧，今天不行。

阅读提示

　　苏斯博士，可以说是二十世纪最受欢迎的儿童图画书作家，在英语世界里，是家喻户晓的人物。他创作的图画书，人物形象鲜明，个性突出，情节夸张荒诞，语言妙趣横生，是半个多世纪以来孩子们的至爱，同时他的书也被教育工作者推荐给家长，作为提高阅读能力的重要读物。

　　孩子喜欢的古怪精灵的读物，为什么也会受到教师的青睐，被列为学生提高阅读能力的重要读物呢？这与苏斯博士开始创作儿童图画书的背景有关。

　　二十世纪五十年代，美国教育界反思儿童阅读能力低下的状况，认为一个重要原因就是当时广泛使用的进阶型读物枯燥无味，引不起孩子的兴趣。苏斯博士的Beginner Books便应运而生。作为初级阅读资料，这些书力求使用尽可能少的简单词汇，讲述完整的故事。但远远高于过去进阶型读物的，是苏斯博士丰富的想象力、引人入胜的情节和风趣幽默、充满创造力的绘画和语言。

　　苏斯博士的图画书在讲述有趣故事的同时，更有一个特别的功能，即通过这些故事来使孩子们从兴趣出发轻松地学习英语。从简单的字母，到短语、句子，再到一个个故事，苏斯博士的图画书，亦是一套让孩子们循序渐进掌握英语的优秀读物。例如其中《苏斯博士的ABC》一书，就从英文的二十六个字母入手，将字母和单词配合起来讲解，同时，这些单词又组成了一个个韵味十足的句子，不断重复加深读者对字母的记忆和理解。《一条鱼 两条鱼 红色的鱼 蓝色的鱼》和《在爸爸身上蹦来跳去》也是采取类似的方式进行单词和句子的讲解。《穿袜子的狐狸》则是充满了饶有风趣的绕口令，对诵读者来说是一个充满快乐的挑战。

《绿鸡蛋和火腿》的创作源于苏斯博士和一位朋友打赌，能否用五十个单词写成一个故事。苏斯赢了，于是便有了这本脍炙人口的书。故事是容易引起孩子共鸣的熟悉话题——要不要尝试新食物。故事情节发展激烈，一个拼命劝，一个玩命躲，最后的结局出人意料。苏斯博士的语言是节奏感很强的韵文，朗朗上口，书中所用词汇很少，而且句子结构大量重复，只置换少量单词，孩子一旦记住了第一句，后边的句子很容易读出来，让孩子颇有成就感。

苏斯博士的几本书在几年前曾翻译引入我国，固然读者可以有机会一睹这上世纪儿童文学精品的风采，但语言上的特色在翻译过程中难免有所损失。此次中国对外翻译出版公司采取中英文对照的形式出版苏斯博士的十本书，不仅让我们能够原汁原味地领略苏斯博士的故事，也是众多小英语学习爱好者的福音。通过韵文学习语言，能增强对语音的辨析能力。更重要的是，苏斯博士令人耳目一新的图画书，能大大增加孩子们学习英语的兴趣，而兴趣是孩子学习的最重要基础。

苏斯博士的书，非常适合大人和孩子一起朗读。

小橡树幼教：王甘博士